彩图注音

会唱歌的红舞鞋

读小伴

编著

济南出版社

目录

bǎ xí guàn zhuāng jìn kǒu dai
把习惯装进口袋

diǎn liàng yǒu yì zhī xīng
点亮友谊之星

xiǎo jiān bǎng dà zé rèn
小肩膀大责任

载着梦的飞船

夜幕渐渐降临，这是梦的开始，有一艘载着梦的飞船正在向我们靠近，我们的梦境就是它停靠的码头。看，窗户上映着的是大家五彩的梦！让我们登上这艘飞船去探索梦的宇宙是多么奇妙吧！本主题有三个小故事，为我们展现了梦的多彩，打开书本在梦里穿梭，去看看主人公们都经历了什么吧！或许你也想和我们分享有关梦的故事！

两个老鼠抬了一个梦

刘大白

孩子说：

"母亲，我昨儿晚上做了一个梦；
现在却有点儿记不起来了，迷迷糊糊
的。"

母亲笑着说：

"两个老鼠抬了一个梦？"

老鼠怎么能抬个梦？

梦怎么个抬法？

老鼠抬了梦去做什么？

zhè bú shì zài mèng zhōng shuō de mèng huà
这不是在梦中说的梦话?

bú shì mèng huà
不是梦话——

tā zěn me jì bù qǐ mèng lái
她怎么记不起梦来?

nà mèng shàng nǎr　　qù le
那梦上哪儿去了,

yào bù zhēn shì lǎo shǔ bǎ mèng tái
要不真是老鼠把梦抬?

nà lǎo shǔ gāng tái le mèng xiǎng pǎo
那老鼠刚抬了梦想跑,

mò dì lǐ lái le yì zhī māo
蓦地里来了一只猫;

nà lǎo shǔ xià le yí tiào
那老鼠吓了一跳,

zhè mèng jiù diē de fěn suì méi chù zhǎo
这梦就跌得粉碎没处找。

ò　　wǒ zhī dào le
哦,我知道了!

wǒ men zuò guo de mèng　dōu shàng nǎr　　qù le
我们做过的梦,都上哪儿去了!

yuán lái dōu bèi māo ér xià pǎo le
原来都被猫儿吓跑了,

suǒ yǐ diē suì de méi chù zhǎo le
所以跌碎得没处找了!

会唱歌的红舞鞋

读小伴

月光纺出银线的时候，

红舞鞋踮着脚尖开始呼吸——

吱呀，吱呀，

地板缝钻出两粒黑豆，

小老鼠竖起耳朵：

"这调子像偷吃的奶酪，

甜甜的，跳进梦里！"

鞋尖啄着夜的门板，

哒哒，哒哒！

把星星敲成碎银片，

老鼠们拖着尾巴排队，

给舞鞋镶一圈蕾丝边：

"快教我们旋转吧，

让地洞长出会飞的旋涡！"

红舞鞋哼起露珠的歌，

脚尖下绽开透明的花。

一只小老鼠衔来月光丝线，

把音符缝成小舟——

"天亮前，载我们去云端，

偷一缕朝霞染红胡须！"

鞋子累了，蜷成小巢，

鼠群驮着鼾声摇橹。

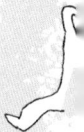

xū
嘘——

wǔ xié zài mèng lǐ jì xù chàng
舞鞋在梦里继续唱：

zhī gū zhī gū
"吱咕，吱咕，

lǎo shǔ de jiǎng huá liàng le chén wù
老鼠的桨划亮了晨雾……"

盐和辣椒粉

张秋生

狐狸太太睡觉时，怀里揣了个盐瓶，狐狸先生问她怎么回事。

狐狸太太说："我昨晚做梦吃烧鸡，没带盐，吃得太淡而无味。"

不一会儿，狐狸太太就睡着了，狐狸先生赶快把她的盐瓶换成辣椒粉瓶。

他高兴地想：太太是不吃辣的，等她把辣椒粉当盐撒在鸡上，这鸡不就归我了吗？

梦

[英国]达尔

第一个梦

在你从河里救出老师的第二天早晨，来到学校，你会看到全校五百名学生坐在会议厅里，所有的老师也在场。

校长站起来说："我希望全体师生为她欢呼三声，因为她表现得异常勇敢，救了我们的算术老师菲金斯先生。他是不幸被体育老师阿米莉亚小姐碰下桥，掉进河里的。让我们为索菲欢呼三声！"接着，全校师生发狂似的欢呼着："伟大的索菲，干得好啊！"

而且，从那时起，即使你做的算术作业一塌糊涂，菲金斯先生也会给你打满分，并且在你的练习本上写上"索菲学习努力"。

后来，你醒了。

第二个梦

今天，我坐在课堂上时突然发现，如果我用一种特殊的方式死盯着老师看，就能使她犯困。因此，我一直盯着她看，渐渐地，她的头不由自主地伏在桌上，很快睡着了，鼾声阵阵。

后来，校长跑来大声说："醒醒，普拉

姆里奇小姐！你怎么胆敢在课堂上睡觉？带着你的行李离开学校吧，你被开除了！"但是，不一会儿，我又把校长弄睡着了，他就像肉冻一样慢慢瘫倒在地板上，打起鼾来，声音比普拉姆里奇小姐的还要响。

后来，我听到了妈妈喊我起来吃早饭的声音。

第三个梦

我写了一本书。这是一本精彩得令人爱不释手的书。一旦你读了这本书的第一行，你的心弦就会被它紧紧扣住，非要读完最后一页才肯罢休。

在所有的城市里，在街上行走的人们

幸福路

经常互相撞个满怀，因为他们都低头看我
的这本书。

牙医一边装刀一边读书，但没人介意，
因为病人也坐在椅子上看这本书。

司机开车时也在看这本书，小轿车相
撞的事已是司空见惯。

脑外科医生一边看书，一边为病人做脑
外科手术。

飞行员看着书驾驶飞机，本该飞伦敦的
航班却飞往了廷巴克图。

足球运动员也在足球场上看这本书，
他们实在不舍得放下它。

赛跑运动员在奥林匹克运动会比赛时
也看这本书。

每一个人都想知道我书中描写的精彩故事。

我醒来后仍然沉浸在成为世界闻名的大作家的幸福海洋之中。

后来，妈妈走进来说："我昨天晚上检查了你的英语作业，拼写练习真是糟透了，读音也一塌糊涂。"

（陈新 李建刚 译）

dú wán　liǎng gè lǎo shǔ tái le yí gè mèng　　nǐ rèn wéi rú guǒ lǎo shǔ
　1.读完《两个老鼠抬了一个梦》,你认为如果老鼠
méi yǒu yù dào māo　　tā men huì bǎ mèng tái dào nǎ lǐ qù　　huì qù zuò shén me
没有遇到猫,它们会把梦抬到哪里去? 会去做什么
ne
呢?

_____

_____

_____

zài　yán hé là jiāo fěn　zhōng　nǐ rèn wéi hú li tài tai hé hú li xiān
　2.在《盐和辣椒粉》中,你认为狐狸太太和狐狸先
sheng shuí zhēn de chī dào le jī　　nǐ yòu shì rú hé lǐ jiě zhè ge gù shi de
生 谁真的吃到了鸡? 你又是如何理解这个故事的?
shuō yi shuō
说一说。

_____

_____

_____

shuō qǐ mèng nǐ zuò guo shén me lìng nǐ yìn xiàng shēn kè de mèng
3. 说 起 梦 ，你 做 过 什 么 令 你 印 象 深 刻 的 梦

ne qǐng xiě xià lái hé dà jiā fēn xiǎng yí xià ba
呢？ 请 写 下 来 和 大 家 分 享 一 下 吧。

分工合作创奇迹

如果把世界当成舞台，那么我们每个人都是自己的主角，每个角色都拥有特定的使命和独特的技能，只有当我们各尽所能、团结协作时，才能共同完成挑战，甚至创造奇迹。本主题的三篇寓言故事，深刻传达了分工合作的价值所在。让我们一同沉浸其中，领略其深意。阅读中可以想想，你有没有类似的经历或体验，你是如何做的。

玫瑰树根

[智利]米斯特拉尔

地下同地上一样，有生命，有一群懂得爱和憎的生物。那里有黢黑的蠕虫，黑色绳索似的植物根系，颤动的地下水的细流。据说还有别的：身材比晚香玉高不了多少的土地神，满脸胡子，弯腰屈背。

有一天，细流遇到玫瑰树根，说了下面的一番话："树根邻居，像你这么丑的，我从来没有见过呢。谁见了你都会说，准是一只猴子把他的长尾巴插在地里，扔下不管，径自走了。看来你想模仿蚯蚓，但是没有学会他优美圆润的动作，只学会了喝我的蓝色汁液。我一碰上你，就被你喝掉一半。丑八怪，你说，你这是干什么？"

树根说："不错，细流兄弟，在你眼里我当然没有好模样。长期和泥土接触，使我浑身呈灰褐色；过度劳累，使我身体变了形，正如变形的工人的胳膊一样。我也是工人，我替我的身体露出泥土、见到阳光的那部分干活。我从你那里吸取汁液，就是输送给她的，让她保持新鲜娇艳。你离开以后，我就到远处去寻觅维持生命的汁液。细流兄弟，总有一天，你会流到太阳照耀的地方。那时候，你去看看我在阳光下的那部分是多么美丽。"

细流并不相信，但是出于谨慎，没有作声，暗忖道：等着瞧吧。

当他颤动的身躯渐渐长大，到了亮光下时，他干的第一件事就是去寻找树根所说的那部分。

天哪！他看到了什么呀？到处是一派明媚的春光。树根扎下去的地方，一株玫瑰把土地装点得分外美丽。沉甸甸的花朵挂在枝条上，在空气中散发着甜香和一种神秘的魅力。

成渠的流水沉思地流过鲜花盛开的草地："天哪！想不到丑陋的树根竟然可以延伸出美丽！"

（雷怡 译）

耗子、小鸟和香肠

[德国] 格林兄弟

从前，有一只耗子、一只小鸟和一截香肠，它们成了朋友，在一起过日子，和和睦睦，舒舒服服，财产也增加了不少。小鸟的工作是每天飞进树林里去拾柴。耗子负责挑水、生火和摆桌子。香肠则负责烧饭。

可是生活太安逸，总忍不住要搞出点儿新花样！一天，小鸟在路上碰见另一只鸟，它得意地讲起了自己的美好境况。谁知另一只鸟却骂它是个可怜的傻瓜，自己做粗笨的工作，而让那两个待在家里享福。要知道，耗子一生起火挑完水，就钻进它的小屋休息，直到有谁叫它，才出来摆桌子。香肠更是懒得动，只是守在饭锅旁，等进餐时间快到了，才跳进汤里或蔬菜里去滚一滚，这样就算放了油加了盐煮好食物啦。小鸟回到家里，放下柴火，它们便上桌吃饭。吃完饭，它们又舒舒服服睡大觉，一睡睡到第二天早上。这样的生活多美啊！

小鸟因为受了挑唆，于是第二天，不肯再去拾柴，说什么它当奴隶够久了，完全受它们两个的愚弄和摆布。它要求改变分工，试一试情况会怎么样。不管耗子和香肠怎么请求，小鸟仍然固执己见。于是只好豁出去了，抽签决定命运：香肠抽到了拾柴，耗子负责煮饭，水就由小鸟去打。

结果如何呢？香肠出发拾柴去了，小鸟生着了火，耗子已把锅架在火炉上，就等香肠拿柴火回来啦。谁知香肠老是不回来，它们两个觉得不妙，小鸟就飞出去看情况。原来在不远处的路上有一条狗，它把可怜的香肠当作没人要的东西，抓住了按在地上，正准备吃下去。小鸟对狗严加斥责，说它公开抢劫。可是斥责有什么用？因为狗讲，它在香肠身上搜出来一些伪造的信件，因此非要了香肠的命不可。

小鸟只能自己背上柴火，飞回家，向耗子

讲了自己看见的情况和听见的话。它俩都很难过，思来想去，认为还是生活在一起最好。

于是，小鸟负责摆桌子，耗子负责煮饭。而为了调味，耗子也像当初香肠似的跳进锅里打滚儿，哪晓得还没滚到中间，它就动不了啦，不仅连毛带皮被烫掉了，还丢了性命。

小鸟来端菜，可厨师却不知去向。小鸟惊慌失措地在柴火里乱翻一气，又是叫又是找，仍然哪儿都找不着厨师。一不小心，火掉到了柴堆中，一下子熊熊燃烧起来。小鸟急急忙忙去打水，却失手把水桶掉进井里，把它也给带了下去，挣扎了几下，它最后还是被淹死了。

（杨武能　杨悦　译）

024

熊 铁 匠

[塞尔维亚] 拉季切维奇

有三个好朋友，住在同一座城。它们都很有本事：狮子会写诗，自诩为优秀诗人，因此谁也不敢小看它；老虎善于露出亲切的微笑，它被誉为世界上最可爱的动物；狗熊技艺高超，不论是跑着的马、飞着的鸟，还是走着的人，它都能飞快地给人家钉上马掌。

狗熊干起活来十分卖力，谁想钉马掌，它都热烈欢迎，谁不想钉马掌，它也要追着给钉上。

狮子、老虎和狗熊所居住的这座城市，有些特别，或者说有些与众不同。大街和商店，既有行人来来往往，也有野兽进进出出。野兽还可以乘坐电车，逛电影院，相互拜访串门。

某一天，城里要是来了个疲惫不堪的旅行者，他一定会惊奇不已：欢迎的人群中，竟然还有野兽，走在前面的是老虎，它龇着牙露出微笑；狮子挥动它的一只脚掌，大声地朗诵自己的诗篇；狗熊的举动简直让人无法理解：旅行者刚刚抬起脚想跨出一步，它立即给人家钉上了马掌。它们都尽力要给客人一种宾至如归的感觉。不过，话又得说回来，当老虎冲着你张开嘴微笑，

当狮子在你的鼻子前边挥舞爪子，当狗熊抓住你的脚，给你像马一样钉上马掌，你大概是怎么也笑不出来的。

有的旅行者碰到这样的礼遇，当场就恼了。这时，市长不得不出面道歉、解释。不过，要向局外人解释老虎的微笑，介绍狮子的诗歌才华，说明狗熊超凡绝伦的铁匠技艺，这事做起来并不是那么容易的。照此下去，旅行者离开后都会说："这是世界上最不友好的一座城市。"起初，他们还是悄悄议论，渐渐地，都被刊登在报纸上了。不用多久，坏名声就会传到四方。不行，绝对不允许出现这种情况。

市民们考虑再考虑，盘算再盘算，最后

想出了一个绝招。由市长出面邀请狮子、老虎和狗熊三个好朋友来家里喝茶，对它们说：

"朋友们，老皇历不能再翻了，请把过去的规矩颠倒过来。从今往后，狮子负责接待客人，向客人微笑；老虎负责钉马掌；写诗的事情嘛，交给狗熊算了。"

三个好朋友心里老大不高兴了——自己做惯的事情丢了多可惜呀；再说，别人的事情想做好还需要学习的。不过，既然一切都要颠倒，那就让它颠倒吧，犟嘴犟舌又会让大家觉得你不听话。

老虎拽了拽自己的礼帽，微微一笑，说："我同意。"

"这是真话?"市长问。

"我以老虎的名誉保证:这是真话。"

狗熊搔了一阵耳朵,瓮着嗓子说:

"我——同——意!"

"这是真话?"市长问。

"我以狗熊的名誉保证:这是真话。"

爱写诗的狮子沉吟半晌,恶煞煞地吼起来:

"没有别的办法的话,我,同意!"

"这是真话?"市长不放心,追问一句。

"是的,"狮子说,"我以狮子的名誉保证:这是真话。"

它们开始按照新的规定生活。狮子站在镜子前面,整天练习微笑。它摇摇尾巴微笑，抖抖胡须微笑，露出牙齿微笑，眯起左眼又眯起右眼微笑。总之，各种各样的微笑方式它都在学习。不过，事情进行得并不顺利，诗句还是时不时地蹿到它的脑子里来。

　　狗熊开始学习写诗。可惜它下笔艰难，诗句很难滑进它的脑海里。让狗熊折断的、咬烂的羽毛笔不计其数；城里的鹅呀鸭呀鸡呀孔雀呀，身上的羽毛全都让狗熊拔去当笔杆儿用了，它们只能光着身子在城里走来走去。狗熊还试图从脚掌上琢磨出诗意来；不成功，它又在桌子旁边跳舞似的扭动着腰肢……所有的办法都用尽了，诗的影子还是模模糊糊。

　　老虎在打铁铺里也吃尽了苦头。它拼命

抡动大锤，可是打出来的根本不是马蹄铁，更像是铁巴掌一类的玩意儿。

长话短说。狮子、老虎和狗熊都恪守着自己的诺言，城里的居民们似乎也安下心来，他们又在宽阔的街道上悠闲散步，啜食葡萄，仰起头久久地欣赏金灿灿的高大建筑。好客的市民们，热诚地恭候着来访者。

就在这个时候……

有个名叫鲍洛京的不速之客准备到他们这里来。这是一个贪婪而肮脏的统治者。鲍洛京集合起自己的军队，准备占领这个城市。

鲍洛京的匪气和霸气是远近闻名的，无论天气好坏，不管春夏秋冬，他说发火就发火。他喝的是鸟奶，要什么有什么，可这个世界还是让他看不顺眼。鲍洛京还有一个癖好：他迷恋漂亮的城市，选定了目标就进攻，然后再动手抢劫。他把这些勾当都称为娱乐。只有在干这些事情的时候，他才能暂时摆脱坏心情。

夜幕降临，城里的人们都入睡了。老虎累了一天，它挂着铁锤，靠在铁砧上打盹儿。狮子睡着了也没忘记在梦中微笑。只有狗熊没有睡，它还在书桌边动脑筋。狗熊在什么地方听人说过，不熬夜是写不出好诗来的。

鲍洛京的军队悄悄潜入了城里。他命令士兵们踮起脚尖走路，不允许脚底下发出一点儿声响。城里的人们呼呼酣睡，鲍洛京暂时还不打算吵醒他们。

狗熊时不时看看窗外。它心里想：会不会有哪个忘记了时间的旅行者从窗外走过呢？它想去外面松松筋骨，要是凑巧碰见谁，还可以顺手帮他钉上马掌玩玩。狗熊一抬眼看见了街上的夜行者，他们还不是一个两个，哎呀，是一大队没打马掌的士兵。

"咳！"狗熊改变了想法，"豁出去啦！写诗的事情以后再说吧！"

它扔下咬烂了的鹅毛笔，抓起装着钉子和马蹄铁的箱子，从屋里一头蹿了出去。

不大一会儿工夫，鲍洛京的士兵们全都让狗熊毫不含糊地钉上了马掌。马蹄铁叮叮当当地碰响了地面，市民们被这可怕的声音惊醒了。

狮子睁开眼睛时，竟然忘记了微笑。它从窗口探出头去，大声地朗诵着自己的诗篇。鲍洛京的军队，有一大半让它的朗诵声吓跑了。老虎也醒来了，它抡起自己的大锤跑到马路上，亲切地对着每一个遇见的人微笑。鲍洛京剩下的一半士兵，吓得魂飞魄散地溜了。鲍洛京本人跑起来非常吃力——狗熊给他钉上的马掌是最重的一副。

这天晚上，城里没有人再躺下睡觉。他们聚在一起又唱又跳，市长的脸上绽开了开心的笑容。狗熊更是兴奋得不得了，跳舞的人只要一抬脚，它马上给人家钉上马掌。不过，今晚谁也不去计较，何况狗熊赠给人们的马掌轻巧漂亮，一落地，声音比银铃还要清脆。

狮子整个晚上都在念它写的诗。这些天，它积攒了不少写诗的材料。老虎不停地向人们亲切微笑，它笑得好看极了——它本来就以笑容出名嘛！

仅仅过了一夜，人们对狮子写诗、老虎微笑、狗熊钉马掌的事情，全都习惯了。市民们还给狗熊颁发了荣誉证书，称它是全世界最优秀的铁匠。为了纪念这件事，狮子还写了赞美诗，老虎又露出了得意的微笑。

（张浩 译）

dú wán　　hào zi　xiǎo niǎo hé xiāng cháng　　　nǐ yǒu shén me xiǎng duì
1.读完《耗子、小鸟和香肠》,你有什么想对

xiǎo niǎo shuō de ne　 hé wǒ men fēn xiǎng yí xià ba
小鸟说的呢?和我们分享一下吧。

_____

_____

méi gui shù gēn　　 zhè piān wén zhāng zhōng　 méi gui de shù gēn hé huā
2.《玫瑰树根》这篇文章中,玫瑰的树根和花

duǒ gè yǒu qí jià zhí　 nǐ rèn wéi tā men gè yǒu shén me jià zhí ne　 xiě yi xiě
朵各有其价值,你认为它们各有什么价值呢?写一写。

_____

_____

qǐng zhǎo chū hé hé zuò yǒu guān de chéng yǔ　 bǎ tā men quān qǐ lái
3.请找出和合作有关的成语,把它们圈起来。

万众一心　狐假虎威　迫不及待　默默无闻

同甘共苦　一拍即合　众志成城　精诚团结

幻想星球

在人类丰富的想象中诞生了一个奇妙的星球，这里的每一个角落都充满了不可思议的魔法和有趣的故事，让每一个到访的旅行者都不愿意离去。本主题的三个小故事：美味的冰激凌宫、和爸爸妈妈交换身份、有劳先生的布口袋，哪个故事最吸引你呢？握紧你想象的金钥匙，让我们一同启航，解锁那片幻想的宇宙。同时，不妨思考一下：你自己有没有一些独一无二的奇思妙想？

会唱歌的红舞鞋

冰激凌宫

[意大利] 贾尼·罗大里

从前，在波伦亚，就在市中心的大广场上，人们建造了一座冰激凌宫，孩子们从老远的地方赶来，谁都能舔一口。

宫顶是用奶皮贴成的，烟囱是用果脯做成的，烟囱里冒出来的烟是棉花糖。剩下的都是用冰激凌做的：冰激凌的门，冰激凌的墙，冰激凌的家具。

一个很小的孩子坐在一张桌子跟前，一口一口地舔着桌腿，直到桌子塌下来，桌上

040

的盘子都扣到了他身上。那些盘子是巧克力冰激凌做的，是最好吃的。

到了一定的时候，市政警卫发现一扇窗户开始化了。草莓冰激凌做的玻璃，眼看就要化成粉红色的黏糊糊了。

"快点儿吃啊！"警卫喊了起来，"还得再快点儿！"

下面所有的人都使劲地舔着，好让整个杰作一滴都不会被糟蹋。

"来一把椅子！"一个小老太太被挤在人群里，"给我这可怜的老太婆一把椅子吧！谁能给我拿一把？最好是带扶手的！"

一个豪爽的消防队员拿来一把开心果奶油冰激凌椅子。老太太美滋滋地，一口一口地开始从扶手上舔了起来。

那天是一个热闹非凡的日子，由于大夫们组织得好，没有一个人闹肚子。

直到现在，每当孩子们吃完冰激凌还要吃的时候，家长们都会感叹地说："唉，为了你，得要一整座冰激凌宫，就像波伦亚当年那座一样大的冰激凌宫。"

（张密　张守靖 译）

我是一个小孩

梅子涵

你们看看我是谁？说不出？那好，我告诉你们，我是一个小孩。

什么叫小孩呢？小孩就是喜欢玩的。我好喜欢玩哪！

可是妈妈叫我弹钢琴，爸爸还要叫我画画。他们说："钢琴弹了吗？""画画了吗？"

他们说，做了这些我就会有出息了。

所以你说，我是不是挺不幸的？

可是我有什么办法呢？我只不过是一个

小孩。

我向他们抗议："我不当小孩了！"

他们问："你不当小孩，那你想当什么？"

这还用问？我不当小孩，那么当然就当大人啦！

而且，我要当比他们还要大的大人。这样，我就可以叫他们老老实实地弹钢琴和画画了。

"你们给我老老实实地去弹钢琴、画画！"

可是他们说："我们还没有玩呢！"

"就知道玩，玩，这样会有出息吗？"我当然狠狠地批评了他们，而且我对他们说，"不许哭！"

爸爸妈妈只好老老实实地去弹钢琴、画

画了。你看他们，好不开心哪！

不过我可高兴坏了，因为我现在可以去

玩了！

"慢着，你到哪儿去？"正在弹钢琴的

爸爸问我。

"去玩呀。"

"我要跟你一块儿去！"

我朝他两眼一瞪："就知道玩，没有出

息！"

"玩没有出息，那你为什么要玩？"妈妈

理直气壮地问我。

这还用问！我说："因为我是大人！"

"胡说，你明明是小孩！"妈妈说。

"对的，对的，我想起来了，他的确是个小孩，我们才是大人！"爸爸附和道。

一点儿规矩也没有，和我讨论起谁是大人谁是小孩来了。"好好去弹琴、画画，我不是大人，难道你们是大人吗？"

我出去玩了！两个小孩又只能乖乖地弹琴、画画了。我端着枪冲出去。

"不许动！"我站在窗外，端着枪朝房间里面大喝一声。爸爸妈妈真的就一动也不动了，不弹琴，也不画画，就待在那儿。

"你们为什么都待着不动？弹琴呀！画画呀！"我又冲进房间。

他们说："咦，不是你让我们不许动的吗？"

047

我只好告诉他们："我说'不许动'是做游戏，假的。"

他们说："弹琴和画画的时候是不可以做游戏的！"

我说："没关系，我们只管玩，反正现在没有大人。"

可是他们说："咦，你不是大人吗？"

"我怎么是大人？我明明是小孩！"我真不知道他们究竟出了什么问题，连小孩、大人也搞不清楚。

我们一起在爸爸的电脑上玩游戏。

我让他们俩穿上新衣服假装结婚。

可是他们说："我们已经结过婚了，为什么还要结婚？"

你说他们是不是昏了头了？我朝着他们

大吼："你们什么时候结过婚了？这么小的

小孩，怎么可能结过婚？"他们没有办法，

只好假装结婚。

我说："现在开始足球比赛。"我当裁判，

妈妈射门，爸爸守门。

爸爸的水平太差，球没有守住，把玻璃

窗踢碎了。

爸爸哇地哭起来："妈妈要骂了！妈妈要

骂了！"

妈妈真的骂起来："玩，玩，玻璃打碎了

吧？"

我是裁判，我还没批评呢！"让你射门，

你为什么踢窗？"

爸爸不再哭了，拉住我问："你以后还带

我玩吗？"

"带你玩的，但是不带她玩！"

妈妈赶紧拉住我："不要，你也要带我

玩，要不，我不跟你好了！"

"好吧，好吧，你们两个都带。"

他们高兴得跳起来。

你看看他们跳得有多高！

这些大人，只要有的玩，就跳得比路灯

还要高！

有劳先生的乡下之行

王业伦

一

有劳先生决定去乡下旅行了。

乡下的朋友一直邀请有劳先生去,说那儿环境如何如何好,空气如何如何清新,有利于老年人身体健康。可有劳先生只想去见见老朋友,因为他自觉身体还够维持,还没到要找"清静地方"的时候。

有劳先生跟好好大院里的邻居们一一都打了招呼,他告诉大家别想念他,他也尽量不想大家，因为他过不了两个星期就回来了。要知道好好大院里的人，心肠都好到一块儿了。虽然每天大家都有各自的工作要做，见面说不上一两句话，可要是忽然缺了谁，或者这一天没见上谁一面，就觉得不是滋味。

打完招呼，有劳先生就回自己屋里，收拾了一下能够随身携带的日用品，不外乎牙膏牙刷、肥皂毛巾之类的。然后他就准备出门了。

刚走到房门口，忽然衣襟被什么东西扯了一下。有劳先生回头看，发现扯住他的是桌上的热水瓶。

"你要去哪儿呀，有劳先生？你全都打

了招呼，为什么不向我说一声'再见'？"热水瓶居然说话了，还气哼哼的。

"哦……真是对不起，我忘了。我现在就向你说声'再见'吧。"有劳先生不好意思地赔着笑说。

"那不成！"热水瓶叫起来，"在家时你可是每天忘不了我。这会儿，要去哪儿嘛，也得带我去。"

"这怎么可以呀！"有劳先生慌了，"我去乡下看望朋友，带着一个热水瓶走路，像什么事呀！"

"要是你路上走累了，渴了，就得用上我了。"

"当然……也许……好吧，我就带你去。"

有劳先生只好这么说。

有劳先生刚答应了热水瓶的要求，喝水杯马上也理所当然地嚷嚷起来。

"喝水需要杯子。因此我也得去！"

"好吧，你也去。"有劳先生心想，反正热水瓶都带了，再带一个杯子也不为多。

可有劳先生话音刚落，桌子和椅子也嚷嚷起来："你坐我们，趴我们，这会儿有了好事，也该有我们一份儿。再说，要是你路上走累了，不是可以坐一坐，趴一趴，休息休息？""就是的，就是的，我们也有用，我们也该去！"饭锅子和它的伙伴碗筷瓢勺也一起嚷嚷起来。"就是的，就是的，我们也该去！"电冰箱、电视机以及所有的瓶瓶罐罐、扫帚、拖把也嚷嚷。

"哎呀！我又不是搬家，怎么好带你们都去！"有劳先生急了。

"哈！这就对了。你把我也带去了，不就是搬家了吗？"最后房子也叫起来。

有劳先生发愁了，叹了口气，心里想：得，好事多磨，去不成了……

"当然，大家都该去。我更该去。"这时门外也传来一个声音。

有劳先生走出门看，原来是放在窗台上的布口袋。

"天哪！我这会儿又不去买粮食，真想不出你去有什么用啊！"有劳先生又好气又好笑地说。

"怎么没有用？"布口袋说，"我既然可以装下二十斤粮食，也可以替你装下这个房子。"布口袋说着，扭了扭身子从窗台上滑下来，张开袋口，一下子把整个房子连同里面一应物品，一起吞进了肚子。幸亏有劳先生不在屋里，要不然连他也要被装进去了。

这下，还有什么好说的呀？

是没什么好说的了。有劳先生只好背起这只装着他全部家当的布口袋，颠呀颠地出发了。

有劳先生走出老远后回头看，他住的楼房上，整整齐齐地缺了那么一块儿。

二

有劳先生坐汽车，然后坐火车，然后再坐汽车，来到了乡下。可从长途汽车站到朋友住的村子，还需步行十公里。

本来朋友打算到车站接有劳先生，但是被有劳先生谢绝了。有劳先生说，一个人清清爽爽走路，干吗要接呀，大家都挺忙的，再说他也正好可以趁此机会随便溜达溜达，到处看一看。所以就没有让人来接。

这会儿有劳先生背着一个大口袋走路，他希望有人能帮帮自己（虽然口袋并不重，还不到二十斤），可不见一个行人。不过有劳先生一想到马上要跟时刻想念的老朋友见面，就不觉得累了，噔噔噔，走得很起劲儿。

有劳先生走啊走，忽然，一阵带着浓重土腥味儿的狂风刮来。有劳先生抬头看，天空乌云密布，电光闪闪——要下雨啦！

说下就下，随着一声炸响滚过头顶，雨点儿便像弹球般倾泻下来，弄得人躲都来不及。

有劳先生连忙打开口袋，想取出屋里的雨伞挡一挡。

口袋刚一打开——你们想一想出了什么事吧——呼地一下，有劳先生面前出现了那个他熟悉的房子。

房子的门自动打开，有劳先生不顾一切地钻进屋里。

有劳先生边抹着流到脸上的雨水，边惊奇地打量着屋里的一切。所有不该动的一切，都像原先那样有条不紊地摆设在那儿；而所有该动的一切，又都在自动地忙碌着……

煤气灶眼吐出了蓝色火焰；锅子在上面烧得吱吱响，炒勺在锅子里不停地上下左右翻动；餐桌已经打开，酒瓶子倒满一杯酒等在那儿……

啊——真是的！淋了雨，浑身冷得打哆嗦，能来杯酒进肚，再好不过了。

有劳先生像个老爷似的刚在桌边椅子上坐好，盛满炒菜的盘子就飞到他面前，接着筷子像两名训练有素的士兵，迈着正步走到他手边。

有劳先生嘴里吃着喝着，眼睛望着外面时清时浑的雨帘，耳朵听着雨点儿打在玻璃上发出一种奇妙的响声……哎呀！这简直是神仙过的日子哩。

有劳先生吃喝完毕，一杯冒着滚滚热气的香茶马上来到他面前；接着电视机自动打开，屏幕上显示出一幅幅美丽画面；接着牙膏牙刷、肥皂毛巾也开始行动起来，脸盆脚盆盛满了热水；接下来床上的被褥枕头也自动打开铺好……

怎么回事呀？哦，这时有劳先生才发觉，天已经黑了，他该休息了。

老天爷可真会开玩笑！这家伙——大雨下了两天两夜，小雨下了三天三夜，简直把人都下傻了。可有劳先生——小朋友们可以想象得出——住在他的房子里生活得很快活，很开心。

三

有劳先生来到朋友住的村子，已经在路上耽误了一个星期。

老朋友见面，那个亲热劲儿是只能意会不可言传的。

村里的人都跑来了，都想看看这位城里来的小老头儿。有劳先生很客气地向人们一一打招呼。最后村长也来了。

"欢迎有劳先生大驾光临——哈哈！"村长热情地说，"小村一向闭塞，条件很差，你可要受委屈啦！”

"哪里，哪里！"有劳先生说。

"就是的！人家城里人——嘿！那吃的，那住的，没得挑。"那些去过城里的人咂着嘴说。

"你们城里都有什么新鲜东西呀，有劳先生？听说上茅房都不用出家门，有这回事吗——啊？说说吧，有劳先生，说说吧。"那些没去过城里的人央求说。

于是有劳先生忽然想起了他的布口袋。

他来到屋子外面，打开布口袋，一个四四方方像豆腐块似的小房子，出现在大家面前。

"其实呢，城里可没有乡下好。城里人吃的东西要花钱买，住的呢——就这样，大家看看吧。"有劳先生指着小房子向来客们说。

"哎呀！这房子太小啦！住在里面怕要憋得肚子疼哩。"

"小归小，可瞧瞧人家这番摆设……啊！瞧瞧吧，瞧瞧吧。"

"就是的，小还有小的好处哩，人家有个口袋就可以背起来走。"

"再好再漂亮的鸽子笼，我也不愿意住在里面，等于活受罪。"大家议论纷纷，互不相让。

"好啦，好啦！照我说，城里有城里的优点，乡村有乡村的好处。"村长走过来，"我跟有劳先生商量了，这个房子就留在这儿，让大家慢慢看，慢慢评头论足。不过，只许看不许摸，违者按人家城里的规矩罚款五角。"

于是大家就不再大声嚷嚷了，围着小房子看啊看，像欣赏一件工艺品。

有劳先生在乡村住了一个星期。他觉得，乡村就是比城里好处多，屋前屋后绿树成荫，连灶台上都开着鲜花；空气像过了滤似的清爽怡人。城里就不行，除了高楼就是马路，整天雾气烟尘，空气吸进嘴里都噎嗓子……可是呢，他还是想念城里，想念他的好好大院。因此他还得回去。

可就在有劳先生告别老朋友和好客的乡亲们准备上路的时候，却发生了一件不大不小的意外事。

装房子的布口袋不见了。

这可不得了，小房子怎么弄回城里去呀！不弄回去吗？……那怎么成！人家房管部门不会答应的。想一想吧，人家漂漂亮亮一座大高楼，好端端地叫你弄走了一块儿，自己也觉得过意不去呀！

可不行又怎么办呢！口袋找不到啦！连耗子洞、鸟儿窝都找遍了，也没有。

"放心吧，有劳先生。这房子就是抬，我们也帮你抬回城里去。庄稼人有的是力气，更有的是对朋友的诚意。"村长给有劳先生吃了定心丸。

"啊——想起来了！"想起庄稼人的诚意，老朋友一拍大腿叫起来。

原来那个布口袋，被老朋友用来装了乡村特产，预备让有劳先生带回城送给他的邻居们。

"哎呀，吓我一跳！"有劳先生松了口气说。

"吓一跳的是我哩。"老朋友笑着说，"主人要让客人事事如意，这是我们乡下的规矩，否则我要挨骂一辈子。"

四

有劳先生像来时一样，背着他的小布口袋，先坐汽车，然后坐火车，然后再坐汽车，就回到了城里。

此时，有劳先生那颗心，激动得不亚于

海外游子久别归乡。

汽车在宽阔的大街上全速疾驶,好好大院那座缺了一块儿的居民楼,已遥遥在望。

这时汽车正通过一个路口,突然被一位交通警察截住了。

交通警察向这位司机行了一个举手礼,司机吓得出了一身冷汗。因为只有司机在违反交通规则时,交通警察才会拦住他。

"我……好像……我没……没……"司机望了望闪亮的绿灯,又望了望四周,结结巴巴地说——

"喏——没看见吗?"交通警察指了指路旁的一块牌子说。

禁止木轮马车和双层汽车通行。

"怎么回事呀？！"汽车司机越发糊涂了。

这辆汽车可是普通的六轮单层客车呀！

司机连忙跳下驾驶座，向他的车顶上一看——天哪！他不禁大吃一惊。

车顶上竟然多出了一个四四方方的小房子。

聪明的小读者们差不多已经想象得出了……是的，一点儿不错，这正是有劳先生的小房子。

有劳先生放在车顶行李架上的布口袋，由于长途颠簸，被磨破了一个口子，口子越扯越大，越扯越大，小房子便从里面钻了出来。

这真是件麻烦事。只好由有劳先生自

已解释去了。

有劳先生费了好大劲儿说通了交通警察，汽车才被放行。汽车一直开到好好大院门口停住。

可怎么才能把小房子从车顶上弄下来呢？车上的旅客可都有意见啦！因为耽误了大家的行程。

可巧这时候忽然跑来一个顽皮的小男孩。小男孩蹦着跳着大声喊：

"真有意思，真好玩儿，有劳先生的房子跑到了汽车上。"

"就是呢，我说有劳先生的房子怎么不见了呢？"左邻右舍全跑出来了，大伙儿笑嘻嘻，一起把房子搬下了汽车，放到了原来的位置上，不歪不斜，正合适。就这样，有劳先生又回到了好好大院。

过了好长时间，有劳先生一想起这次奇妙的乡下旅行，还不无得意地说：

"啊，真该发个宣言，号召大家都来准备一个布口袋，带着自己的家去旅行。不过……当然，这还要得到那些旅馆经理们的同意，否则他们就要提出抗议了。"

阅读思考

nǐ xiǎng xiàng zhōng de bīng jī líng gōng shì shén me yàng zi　　qǐng bǎ tā
1.你想象中的冰激凌宫是什么样子？请把它
huà xià lái　　hé tóng xué yì qǐ fēn xiǎng
画下来，和同学一起分享。

2. 故事里的"我"一开始想让爸爸妈妈也尝尝天天弹琴画画的滋味，后面却压抑不住自己的天性，把爸爸妈妈都变成了跟自己玩耍的伙伴。要是你也变成了大人，你会想让自己的爸爸妈妈做什么呢？写下来。

---

3. 有劳先生带着房子去旅行，如果你去旅行，会带上哪些东西呢？它们有什么用？

把习惯装进口袋

乖乖洗澡，按时刷牙，保持礼貌，这些都是我们要养成的好习惯。你们是否想象过，如果我们能够把习惯像宝物一样装进口袋，随时随地拿出来使用，那会是怎样的情景呢？本主题有三首小诗，其中就包含着几个我们应该学习的好习惯。让我们一起把这些宝贵的习惯一个个装进我们的口袋，陪伴我们一起成长！阅读这些小诗，想一想我们还有什么生活习惯是需要改变或培养的。

小弟和小猫

柯 岩

我家有个小弟弟，
聪明又淘气，
每天爬高又爬低，
满头满脸都是泥。

妈妈叫他来洗澡，
装没听见他就跑；
爸爸拿镜子把他照，
他闭上眼睛咯咯笑。

jiě jie bào lái xiǎo huā māo
姐姐抱来小花猫，

pāi pai zhuǎ zi tiǎn tian máo
拍拍爪子舔舔毛，

liǎng yǎn yì mī　　miào　miào　miào
两眼一眯："妙，妙，妙，

shuí gēn wǒ wán　shuí bǎ wǒ bào
谁跟我玩，谁把我抱？"

dì di shēn chū xiǎo hēi shǒu
弟弟伸出小黑手，

xiǎo māo lián máng wǎng hòu tiào
小猫连忙往后跳，

hú zi yí qiào tóu yì yáo
胡子一翘头一摇：

bú miào　　bú miào
"不妙，不妙，

tài zāng tài zāng wǒ bú yào
太脏太脏我不要！"

jiě jie tīng le hā hā xiào
姐姐听了哈哈笑，

bà ba mā ma zhòu méi mao
爸爸妈妈皱眉毛，

xiǎo dì tīng le zhēn hài sào
小弟听了真害臊：

mā　mā　kuài gěi wǒ xǐ gè zǎo
"妈！妈！快给我洗个澡！"

糖果饼干和老鼠

谢武彰

糖果很贪吃，

把我的门牙，

偷偷地吃掉了。

饼干很贪吃，

把我的白齿，

偷偷地吃掉了。

小老鼠最贪吃，

把糖果和饼干，

偷偷地吃掉了。

戏弄人的电话

[德国]凯斯特纳

前几天有七个孩子，

喝咖啡聚在鲍琳娜家里。

她们吵得人耳朵痛，

妈妈终于沉不住气。

她说："我出去走走，

你们不要闹得昏天黑地。

因为医生嘱咐过，

我不能生气。"

但等她刚刚走出门，

红脸蛋的戈莱婕就大声叫起：

"你们知道我的新花样？

来，跟我玩玩电话机。"

她们简直像一窝蜂，

呼啦向父亲的写字台拥去。

戈莱婕抢来电话号码簿，

不停地翻过来翻过去。

接着她拿起话筒，

拨过了号码说：

"市长先生在家吗？

你好，很高兴听到你的声音。

我这里是障碍台，

你家的线路好像有问题。

能够听到你的声音，

说明没有大问题。"

"声音还算不错，

不过，为了检修还得请你

唱一首曲子，

随便什么曲子都可以。"

戈莱婕握着话筒，

七个人挤在一起听。

老实的市长唱开了。

yīn wèi tā men dà xiào bù zhǐ
因为她们大笑不止，

tā zhǐ hǎo dài shàng le ěr jī
她只好戴上了耳机。

gē lái jié yòu bō tōng le diàn huà
戈莱婕又拨通了电话，

zhè shì cái zhèng bù zhǎng shǐ tài yīn jiā lǐ
这是财政部长史泰因家里。

gé xià wǒ men shì zhàng ài tái
"阁下，我们是障碍台，

qǐng jiǎng sān shēng téng yǐ
请讲三声'藤椅'。

qǐng dà diǎnr shēng bù zhǎng xiān sheng
请大点儿声，部长先生！

gòu le gòu le xiè xie nǐ
够了，够了，谢谢你！"

dà jiā yòu hōng táng dà xiào yí zhèn
大家又哄堂大笑一阵，

hǎi ěr tǎ gāo hǎn miào ya miào
海尔塔高喊："妙呀妙！"

tā men yòu jiē zhe dǎ xià qù
她们又接着打下去，

yí gè dà rén wù yě méi lòu diào
一个大人物也没漏掉。

那位银行经理先生，

唱了两句《小小鸡》。

歌剧院的经理先生，

咕噜了几句《莱茵河的卫士》。

啊，连班主任也被叫到。

但是，他说："荒唐！

哪里是什么障碍台，

你是戈莱婕，

我明天找你算账！"

所有的人都吓了一跳，

知道明天会不妙。

戈莱婕说："我们不再闹了。"

bān zhǔ rèn què shuō　　nǐ men zuò xià lái
班主任却说："你们坐下来，

kàn kan suàn shù zuò méi zuò hǎo
看看算术做没做好！"

shū zhù　 yì
（舒柱　译）

阅读思考

1.你最喜欢哪首小诗呢？放声朗读一遍，再试着写一段。

_____

_____

_____

_____

2.请分别写下几个好或不好的习惯，说说你是如何改变不好的习惯的。

习惯：_____ _____ _____

我是这样做的：_____

_____

_____

3. 想一想戈莱婕明天上学会发生什么呢？请续写一小段故事吧。

点亮友谊之星

真正的友谊像星星一样璀璨珍贵，朋友是互相帮助的，朋友是真诚友好的。每当你们共同度过一段时光，你们之间的友谊之星就会更加明亮。让我们手牵手，一起启程，去发现那些隐藏在每个角落的友谊之星吧！记得，你的每一个善举、每一个微笑都有可能成为点亮友谊的火花。本主题有三篇小故事，从不同的角度为我们讲述了关于友谊的点滴，教会我们如何对待友谊、珍惜友谊。让我们一起去发现那些隐藏的友谊之星吧！想一想：你是如何点亮友谊之星的呢？

奥谢耶娃的三篇故事

[俄罗斯] 奥谢耶娃

蓝色的树叶

卡佳有两支绿颜色的铅笔，可是莲娜一支也没有。莲娜向卡佳请求说："借给我一支绿铅笔吧。"

但是卡佳回答说："我得问一问妈妈。"

第二天，两个小姑娘都到学校里去了。

莲娜问："妈妈允许了吗？"

卡佳停了一下才说："妈妈倒是允许了，可是我还没有问哥哥呢。"

莲娜说："那有什么关系，再问问哥哥吧。"

第二天卡佳来的时候，莲娜问道："怎么样，哥哥答应了吗?"

"哥哥倒是答应了，可是我怕你把铅笔弄断了。"

莲娜说："我会小心些用的。"

卡佳说："小心些！不要削，不要太用劲儿使，不要放到嘴里去，不要用得太多啊!"

莲娜说："我只要把那图画纸上的树叶，画成绿颜色的就够了。"

"这可多啦!"卡佳说着，紧紧地皱着眉头，脸上还做出不乐意的样子来。

莲娜看了看她就走开了，也没有拿铅笔。

卡佳奇怪了，跑着去追她。

"喂，你怎么啦，拿去用吧！"

莲娜回答说："不要啦。"

上课的时候，老师问道："莲娜，为什么你的树叶是蓝色的呢？"

"我没有绿颜色的铅笔。"

"那你为什么不跟自己的朋友去借呢？"

莲娜默默地不说一句话。

但是卡佳羞红了脸，像只大红虾似的，说道："我给她啦，可是她没拿。"

老师看了看两个人说："要好好地给，别人才肯接受呢。"

好事情

早上，小尤拉醒了。他看看窗户，太

阳照耀着，天气很好。

于是小孩子也想要做点儿什么好事情。

他坐下来，想："假如我妹妹掉到水里，

我就去救她！"

妹妹恰好走来了："尤拉，跟我去玩哪！"

"走开，别扰乱我想事情！"

妹妹受了委屈，走开了。

于是尤拉又想："假如狼来抓奶奶，我

就用枪打它们！"

奶奶恰好就讲话了："小尤拉乖乖，把碗

碟收拾好。"

"你自己收拾吧，我没有工夫。"

奶奶摇摇头。尤拉又往下想："假如哈

巴狗掉到井里头，我就把它捞上来！"

哈巴狗恰好就来了。它摇摇尾巴："给我喝点儿水吧，尤拉！"

"滚开！别打搅我想事情！"

哈巴狗合上嘴，夹着尾巴跑走了。

尤拉到妈妈那里说："我能做点儿什么好事情呢？"

妈妈抚摩着尤拉的头，说："跟妹妹去玩吧，帮奶奶把碗碟收拾收拾，给哈巴狗喝些水。"

时间

两个小孩子站在大街上的圆钟底下，谈起话来。

"我的习题还没有解答出来，因为它是带括号的。"尤拉解释道。

"我也没有解答出来，因为那里面的数字太大了。"奥列克说。

"时间还早！我们可以一块儿来解答。"

街上的圆钟正指着一点半。"我们还有半个钟头的时间，"尤拉说，"半个钟头可以做很多事情呢！我爸爸在战争时期，用半个钟头时间占领了两个重要的据点哪！"

"我舅舅是个船长，他在船破了的时候，二十分钟以内，就把全船的人都救到了小船上。"

"为什么还用二十分钟？"尤拉像很有办事能力似的说道，"有时十分钟，甚至五分钟就会起到重要的作用，所以应当好好地利用每一分钟。"

096

"我也知道……像在运动会上……"

小孩子们想起很多有趣的事情来。

"我知道……"

奥列克忽然停住了，一看钟，啊！整整

两点钟！

两个小孩子"哎哟"地叫了一声。

"快跑吧！"尤拉说。

"我们到学校该迟到啦！"

"可是习题怎么办？"奥列克慌张地问。

奔跑着的尤拉只好摇手了。

（孔嘉 译）

萤火虫找朋友

孙幼军

夏天的晚上，萤火虫提着蓝色的小灯笼，在草丛里飞来飞去。

它在干吗呀？

在找朋友。

是呀，大家都有朋友，有好多朋友。可是，萤火虫连一个朋友都没有。跟好多朋友在一起玩，多快活呀！萤火虫也想要朋友。

它就提着小灯笼，到处找。

萤火虫飞呀飞，听见草丛里有响声。

它用小灯笼一照，看见一只小蚂蚱。小蚂蚱急急忙忙，一直往前跳。萤火虫就叫："小蚂蚱，小蚂蚱！"

小蚂蚱问："干吗呀？"

萤火虫说："你愿意做我的好朋友吗？"

小蚂蚱说："我愿意。"

萤火虫高兴地说："那你就跟我一起玩吧！"

小蚂蚱说："好的，一会儿我就跟你玩。现在，我要去找小弟弟。小弟弟真淘气，不知跳到哪儿去了，天黑了还不回家。妈妈很着急，让我去找他。你来得正好，帮我照照路吧！"

萤火虫说："我不能给你照路，我要去找朋友！"

萤火虫就提着灯笼，飞走了。

萤火虫飞呀飞，听见草丛里有响声。它用小灯笼一照，看见一只小蚂蚁。小蚂蚁背着一个大口袋，一直往前跑，萤火虫就叫："小蚂蚁，小蚂蚁！"

小蚂蚁问："干吗呀？"

萤火虫说："你愿意做我的好朋友吗？"

小蚂蚁说："我愿意。"

萤火虫高兴地说："那你就跟我一起玩吧！"

小蚂蚁说："好的，一会儿我就跟你玩。现在，我要把东西送回家去。我迷路了，你来得正好，帮我照照路吧！"

萤火虫说："我不能给你照路，我要去找朋友！"

萤火虫又提着灯笼，飞走了。

夏天的晚上，萤火虫提着蓝色的小灯笼，在草丛里飞来飞去。

它在干吗呀？

它在找朋友。

还没找到吗？

还没找到。

聪明的小朋友，你们都知道怎样才能找到朋友，你们快教教萤火虫吧！要不，它老是提着灯笼飞来飞去，多累呀！

阅读思考

1. 你知道怎样才能找到朋友吗？快教教萤火虫吧！

_____

_____

_____

_____

2. 读了《时间》这个故事，你想对故事中的小朋友说什么呢？

_____

_____

_____

_____

xiǎo jiān bǎng dà zé rèn
小肩膀大责任

承担责任意味着要做一些困难的选择，它可能意味着舍小我为大我、包容和付出，无论你是始终坚守岗位，还是不畏艰难、勇于面对风雨，你所做的每一件小事都很重要，因为你的每一次经历，都在帮助你成长为一个敢于担当敢于负责的人。本主题有两篇故事，希望你能从这些故事中认识到，即使是小小的你我，也能够做出有意义的事情。让我们一起学习如何用我们的小肩膀托起大大的责任，让世界变得更加美好。

钟的生日

葛竞

在一座古老楼房的门厅里，静静地挂着一只钟。钟在这里多少年了，没人知道，它会自动上弦，不停地走着，并奇迹般地不差一分一秒。

楼里的住户全靠这挂钟来掌握时间：一楼送牛奶的老人，每天早上六点三十分，便出去蹬着三轮车送牛奶。

二楼的女教师六点三十五分准时去学校教课。

106

三楼的医生六点四十分要去医院上班。

他们走到门厅，路过这只老挂钟时，总是停下来，用信任的眼光和老挂钟对对手腕上的表，然后放心地离去。

嘀嗒嘀嗒，老挂钟稳健地走着，它感到很骄傲。可最近以来，它好像有点儿疲惫，肚子里不时发出沙啦沙啦的声音，钟面上的漆皮也一点儿一点儿轻飘飘地落下来，它明白，它已经衰老了，它的岁数太大了。它虽然依然走得很准，但不能没完没了地走下去，总有一天它会停下来。这个日子正在一点儿一点儿地逼近。

门厅里很静很静，没有一个人，没有一

点儿声响，只有老挂钟的心脏嘀嗒嘀嗒地在跳动。想到自己即将死去，它有点儿悲伤。它叹了一口气，静静地思考起来。

窸窸窣窣，窸窸窣窣，一阵细小的声音在门厅里响起来。老挂钟听着，不由得皱起了眉头，是老鼠吗？它顶讨厌那个尖嘴猴腮的家伙。可恶的老鼠曾经顺着木柱，爬到屋顶，又爬进了老挂钟的肚子，想在它肚子里做窝，闹得它肚子好难受，但就这样，老挂钟也没差过一秒钟。最后还是老鼠对嘀嗒声不耐烦，搬了出去。现在它又想回来吗？老挂钟警惕地盯着，黑暗的角落里亮起了一盏小灯，接着飞起一个背上带螺旋桨的小人。小人的衣服上画着各种各样的钟表，背着个挺大的书包。脸上两撇"人"字胡像极了钟面上的指针，头顶上戴着一顶带钟表的帽子，肚子里发出嘀嗒嘀嗒的响声，飞到老挂钟面前。

"你是谁？"老挂钟好奇地问。

"我嘛，是钟神！"小人笑嘻嘻地说。

老挂钟的眼睛一亮，它曾听祖父说过，钟神可不是任何钟表都能见到的，难道是它的好运气来了？

"很高兴见到您！"老挂钟压抑着心头的喜悦，很有礼貌地说。

"我是来给你过生日的！"小钟神的眼睛里亮闪闪的。

"过生日？"老挂钟疑惑地说，这它可

没听说过。

"过生日!"小钟神兴高采烈地说,"每座钟都有自己的生日,但一生只能过一次,许多钟没等到自己的生日,就结束了自己的一生。只有你等到了,明天就是你的生日。过了生日,你将恢复年轻,而且比以前更加漂亮、健康!"

"是……是吗?"老挂钟快活得都哆嗦了,连声音都结巴起来。

"明天早上见!"小钟神挥了下手,然后像影子一样消失了。

漫长的夜晚,老挂钟嘀嗒嘀嗒地走着,走得又稳又准,他觉得自己有劲儿多了。想想自己明天可以成为一只崭新的钟,多么

叫人兴奋哪，它激动而又充满渴望地等待

着……

窗外的天空在渐渐地变亮。黎明前，

门厅里却显得更加黑暗。老挂钟听到了轻微

的螺旋桨声，小钟神又在空中出现了。它

在空中飞翔着，用小手拿下背上的书包，

一打开，一幅亮亮的五彩的画从大书包里飘

出来，竖立在空中。多美的钟啊，那透明的

画上，是一座神奇的大钟，这么漂亮、英俊

的大钟表，老挂钟可从来没见过。

"这是谁？"老挂钟问。

"是你呀，就是你呀！"小钟神眼睛亮

亮地喊，"你赶快把分针往回转十五分钟。

只要十五分钟——生日时间，你的灵魂就会

112

悄悄地飘到这画上的钟里去，然后，它就会变成真的从画上出来。"

"好的，我这就干！"老挂钟兴奋地说。

它屏住一口气，做好准备……

正在这时，它听到一阵熟悉的推门声。是一楼送牛奶的老头儿，他像往常一样走着，好像看不见空中的小钟神和那张好看的"钟画"。送奶的老头儿走到老挂钟跟前仰起脸看时间。

"我先不能往回转！不然，他送奶该迟到了。"老挂钟心慌地想，"我可以先等一会儿。"

送奶的老人，用信任的目光对好手表后，走出了楼门。

"你要快一些！"小钟神在空中焦急地对老挂钟喊，"这画上的钟表只能存在十五分钟！你看它的颜色都旧了！"

真的，画上的颜色浅多了，不像刚才那样崭新、漂亮了。

"是的，我马上就转！"老挂钟慌张地说，它使足了劲儿，把分针往后转了一下。它听到楼上的脚步声，是女教师！

"她要是迟到了，会耽误几十个学生的课！我可是从来没有误过点的。"老挂钟心慌地想，赶紧把分针又转了回来。

女教师对照腕上的手表，夹着书包放心地出了门。老挂钟还是那么准，她很放心。

"你瞧你，又过去了五分钟！你是怎么

啦？"小钟神吃惊地叫，"你瞧，那画上的颜色又浅了许多！"

"我这就过生日！"老挂钟害羞地说，它的耳朵又听到了楼梯上的声音，啊！是三楼的医生下来了。

"这是最后一次机会了！"小钟神紧张地在它身边警告。

"最后一次！"老挂钟喃喃地嘟哝着，"最后一次……生日……生日……"

可是它怎么能让医生看见它的分针在胡乱向后转呢？它漫长的一生始终都是在一分一秒准确地走啊！

"快，现在往回转还来得及！"小钟神在它身边拼命地喊着。

"不！"到了这时，老挂钟反而平静下来了。既然它是钟表，就应该走得准，哪怕是到了生命的最后一刻。

它嘴里轻声念叨着："我是钟表，我是钟表啊。"它嘀嗒嘀嗒地响着，分秒平稳而准确地向前移着，用平静的目光望着在空中渐渐消失远去的美丽钟表画……

这天晚上，老挂钟终于停止了嘀嗒声，它平静地挂在那里，毫不后悔地走完了自己作为钟表的最后一步。

迎春

张士杰

从前，梨树、桃树、杏树是三姐妹——梨树是大姐、桃树是二姐、杏树是小妹。每年在春天要来还没来的时候，它们总是一齐长骨朵儿开花，给人们迎接春天。人们一见那白嫩嫩的梨花、红艳艳的桃花、粉润润的杏花，就知道春天快要来了，纷纷开始耕地，等春天来了好种地。人们很喜爱这三姐妹，都说它们又热心又勇敢，都夸它们是给大伙迎春报春的好姐妹。

可是迎春并不是容易的事。每逢春天要来还没来的时候，天气虽然渐渐暖和起来了，可是却还有意外的变化——有时候天气突然又变得很冷，有时候又会突然刮起大风。天气一冷，冻得花骨朵儿就会很难开放；大风一刮，就会把花瓣打落不少。渐渐地，梨树经不住天冷和大风的磨炼，害怕起来了。

这年又到了三姐妹迎春的时候。

梨树说："二妹呀，小妹啊！你们听我说——咱们今年别老早地开花啦，晚点儿再开花吧！"

桃树说："大姐呀！这是为什么呢？"

杏树说："大姐啊！咱们年年早开花给人们迎春，今年哪能晚开花呀？"

梨树说："你们难道不知道吗？天气一冷，咱们的花骨朵儿就冻得很难开成花朵；大风一刮，就会打落咱们的花瓣，这多难受哇！咱们要是晚开花——等春天来了以后再开花呢？那时候，天气再也不会冷了，再也不会刮大风了，咱们再也不担心挨冻了，再也不害怕打掉咱们的花瓣了。那多舒服哇！"

桃树说："大姐说得对。那咱们就晚开花吧！"

杏树说："大姐，二姐！咱们一开花，人们就知道春天快要来了，就该耕地了，哪能晚开花呢？天冷和大风算不了什么——只要咱们不怕冻，使劲开，花骨朵儿就能开出花来；只要咱们把花开得壮，长得牢，就不

怕大风吹打！咱们就是挨点儿冻，打掉一些
花瓣，能给人们迎来春天，那也是很快乐的
呀！咱们不能晚开花。"

梨树说："小妹！你总是先想着给人
们迎春，就不想着自己啦？你真是个傻子
呀！"

桃树说："小妹呀，你说得也对。可是大
姐说的是为咱们好。我看咱们还是听大姐的
吧？"

杏树说："咱们光图自己舒服，就晚开
花，那样人们就会错过节气了！咱们自己舒
服啦，误了人们种地，这样算是好吗？"

梨树说："小妹，你要不听话就早开花！
二妹，咱俩晚开花！"

桃树说："这可怎么办呢？大姐说得有理，小妹说得也有理，我到底是早开花还是晚开花呢？"

杏树说："大姐呀！我不能听你的话，你说我是傻子就是傻子，我还是要早开花的。二姐呀，你要听大姐的就晚开花，你要听我的就早早把花开出来吧！"

杏树不怕天冷和大风，迎着冷风照常开花；桃树总是三心二意的，只长了花骨朵儿并没开花；梨树害怕天冷和大风，既没长花骨朵儿更没开花——从此，这三姐妹就不是一齐开花迎春了。

人们一看杏树开了花，就知道春天快要来了，纷纷动手耕地，等春天一来，好按时

令把地种好。可是人们只见杏树开花，没见

梨树和桃树开花，不由得纷纷说：

"大姐和二姐怎么不开花啦？"

"哈哈哈！准是怕天气冷、怕被大风刮了

吧？"

"小妹不怕天冷和大风，照样给咱们迎

春。小妹多热心哪！小妹真勇敢哪！"

"要是小妹再不开花，咱们就误了种地

啦！小妹真是好小妹啊！"

桃树听了人们的话，心里直发热，脸直发

烧，立刻不安定起来，前思思，后想想，觉着

还是小妹做得对。它再也不听大姐的话了，急

忙裂花骨朵儿开了花。因为直到杏树开花以

后桃树才拿定了主意，所以开得晚了——从

此，桃树开花就比杏树晚了。

人们见桃树开了花，虽然比杏树开得晚了，可是到底把花开出来了，也不愧是好样的，不由得又纷纷说：

"二姐也开出花来啦！"

"二姐想跟小妹学啦！"

"二姐也没忘了迎春！"

"二姐也是好二姐啊！"

梨树听了人们的话，也不思思想想了，也不觉着局促了，只想着春天来了以后开花才舒服，还是没长花骨朵儿不开花。一直等到春天来了以后，天气暖暖和和，惠风徐徐畅畅，梨树这才悄悄地长出花骨朵儿开了花——从此，梨树开花比桃树又晚了。

123

人们一看，梨树直到春天来了以后才开花，不由得都笑话它——一直到如今，人们一见梨树开花了，还这样说呢：

"桃花开，

杏花谢，

谁管梨花叫姐姐？"

阅读思考
yuè dú sī kǎo

1.如果你是《钟的生日》中的女教师或送奶的老人，你知道了钟的故事，你会对它说些什么呢？

_____

_____

_____

_____

2.学习了《迎春》这个故事，我们知道了杏花、桃花和梨花都在春天开放。你还知道什么花呢？它们分别在什么时候开花？

_____

_____

_____

126

3.在生活中，我们每个人都有自己的"小责任"，就像老挂钟准时报时、杏树勇敢迎春一样。想一想，你在家庭、学校、班级里有哪些"必须做好的事"？（例如：自己整理书包、帮家人做小事、按时完成作业……）选一件你觉得"最有成就感的责任小事"，写一写你是怎么做到的。

_____

_____

_____

_____

_____

_____

_____

_____

图书在版编目（CIP）数据

会唱歌的红舞鞋 / 读小伴编著. -- 济南：济南出

版社，2025.6. --（小语文学星）. -- ISBN 978-7

-5488-7252-8

Ⅰ. I18

中国国家版本馆CIP数据核字第20251QY254号

本书部分文字作品著作权授权、提存事宜由中国文字著作权协会处
理。相关著作权事宜敬请著作权人与协会联系，电话：010-65978917，
传真：010-65978926，E-mail: wenzhuxie@126.com。

会唱歌的红舞鞋

HUI CHANGGE DE HONG WUXIE

读小伴　编著

出 版 人　谢金岭
责任编辑　任旭东　孟凡彩　蓝双秀
封面设计　读伴文化
装帧设计　读伴文化

出版发行　济南出版社
地　　址　山东省济南市二环南路1号（250002）
邮　　箱　35046852@qq.com
总 编 室　0531-86131715
印　　刷　济南新先锋彩印有限公司
版　　次　2025年6月第1版
印　　次　2025年6月第1次印刷
开　　本　165mm×230mm　16开
印　　张　8.5
字　　数　92千字
印　　数　1-4500册
书　　号　ISBN 978-7-5488-7252-8
定　　价　29.80元